連互訴月色真美都做不到的我們

神田澪
Mio Kanda

CHAPTER

1

「從此過著幸福快樂的日子」被刪去，

僅剩最後八個字的童話繪本（註1）。

註1　日本童話最後通常以「めでたしめでたし」八個字收尾，即「可喜可賀可喜可賀」。

SIDE：NATSUNA

我戀愛了。

愛上一個僅以文字聯繫的人。

每天起來第一件事，

就是打開手機確認對方是否回覆，這已然成為我的習慣。

『謝謝妳傳的照片。』

僅僅是視線掃過他傳來的訊息，就讓世界染上繽紛的色彩。

十五歲時的我還無從知曉。

這場不知何時將告終的戀愛，竟持續了十年之久。

『我想當妳的朋友。』

沒見過的信箱傳來這樣一段訊息，使我內心產生些許動搖。

四月。

將視線自手機抬起，只見車窗外盛開的櫻花。

『因為種種原因，我身邊沒有任何朋友。』

一看就有鬼。

說不定是詐騙之類的。

即使心裡這麼想，不過當我回神時，已經回覆了『我也是』。

電車馳於架在河川上的橋梁。

為什麼我要回覆。

當我到了學校，才猛然感到害臊。

這說不定只是場惡作劇罷了。

不光是內容可疑，對方甚至過了幾小時都沒回訊息。

害我一整天都在自己的嘆氣聲中度過。

起碼等待的時間能夠忘記其他煩惱。

包括我在班上被孤立這件事。

『謝謝妳的回覆。』

收到訊息已經是兩天後的事了。

對方似乎也沒想到我會回覆。

從他的字句中流露出顯而易見的喜悅。

我不禁想，說不定是個好人。

雖然我連人都沒見過。

根據他的說法，信箱名是亂打一通的。

他想結交生活在遙遠土地上的朋友。

『你住在哪？』

在打這四個字時，比起不安，好奇心更勝一籌。

我決定放輕鬆點。

那怕對方是在惡作劇，反正打打字也沒差。

生於東京的我，除了修學旅行外沒離開過這座城市。

這次回覆，同樣是時隔兩天才收到。

對方似乎住在外國。

他自稱艾爾。

「艾爾、艾爾。」我在房間反覆念出聲。

我經過短暫的猶豫。

打上『我叫夏奈。住在東京，第一次和外國人交流。』的訊息送出。名字是本名。

反正沒加上姓氏，光憑這點個資不可能找到我本人。

我瞞著雙親，繼續與艾爾聯繫。

我的右臉頰有一大片胎記。

這是與生俱來的，至今早已見慣。

小時候，爸媽拉著我跑遍各家醫院，

用盡辦法要消掉這塊赤黑色的胎記。

不過鏡中映出的我，臉上依舊留下鮮明的顏色。

相信是至死都無法消退。

因此，只用文字與人交流對我而言並非壞事。

「你看到沒？」

「嚇死了。那什麼妖孽。」

現在是高中午休時間。

我穿過走廊，背後傳來閒言閒語。

是不認識的學生。

「別在意、別在意。」我在內心自言自語並快步離去。

「喂，你走那邊啦。要是碰到說不定會被傳染。」

「蛤？你少拿我當擋箭牌。」

這個，才不是什麼會傳染的東西。

過去碰上這類狀況，總會感到火大或是傻眼。
現在卻有些不同。

我不禁想。
不知為何與我交流至今的艾爾，
說不定見了我的外貌就會銷聲匿跡。

這感覺真奇妙。走在人聲鼎沸的走廊上，
我竟然滿腦子只想著住在海平面另一頭的人。
就在這時有人向我搭話。

「妳在幹麼？」

我和走上階梯的那個人對上眼神。

是湊。

他是我的兒時玩伴，也是我在這間學校唯一關係匪淺的學生。

「我要去福利社……」

「嘿——午休要結束了，妳最好快點喔？」

他笑笑地道。

湊身邊的朋友反倒是滿臉詫異。

「原來他們，真的是兒時玩伴耶。」

雖然我和艾爾說「我也」沒有朋友，但其實有兩個例外。

一個是兒時玩伴的湊。

他為人開朗深受大家喜愛。
但我們不同班，頂多偶爾見到時聊聊。

另一個是風香。

她是我國中同學，現在就讀其他高中。
她喜歡漫畫，是個看到我的胎記，
便稱讚「看起來像是狠角色，超帥」的怪人。

雖有這兩個例外，但我每天都得在沒半個朋友的教室中度過。

簡直跟坐牢沒兩樣。

有的學生毫不隱藏對我的惡意，

又有些學生根本把我當穢物看待。

理所當然地，

也沒人邀我進同學創的班級群組。

反正大家肯定都在裡面說人閒話，不加也沒差。

休息時間，我在喧囂的教室裡回顧和艾爾的對話。

只有這樣我才能分心舒緩情緒。

『早好熱。』

『萬安。』

艾爾傳的訊息有許多錯字跟漏字。

他似乎正在學習這邊的語言，

我姑且問了一下『請問需要我糾正你的錯字嗎？』，

他則回『務必拜託了』。

我不知道艾爾的年紀，自然而然說話畢恭畢敬的。

『我們要不要重新自我介紹一下。畢竟連彼此的年齡都不清楚。』

送出訊息後經過兩次日升，他終於回信。

『我十五歲。喜歡看書。妳還想知道什麼？』

真令人訝異。竟然與我同年。

我馬上回覆。

『真的？我也是十五歲。』

『我重新自我介紹，我叫夏奈。
高中一年級，擅長科目是數學。
整天只會念書，沒什麼興趣。
不過以前學過鋼琴。』

多麼無聊的自我介紹。
不過我似乎有好一陣子，沒向人說過關於自己的事了。

反倒是我對艾爾的疑問如泉湧現。

『喜歡的食物是？有幾個兄弟姊妹？』

『喜歡得食物是水果。』

我一面糾正是『喜歡的食物』，
一面又覺得這小小的錯誤有些可愛。
艾爾所在的中東小國，似乎盛產水果。

住得可真遠。

從東京搭飛機去，
抵達他們的首都也要花上二十個小時。
對我這平凡的高中生來說，根本是遙不可及的距離。

『我喜歡的食物是壽司。最喜歡的料是鮭魚。還有，喜歡的飲料是奶茶。』

我盡量將文章寫得淺顯易懂，以便艾爾理解。

『壽司是什麼？』

怪了，我以為壽司在外國應該很有名。

『壽司是什麼喔。是道把海鮮放在醋飯上捏製的料理。』

為防萬一，我將照片一併附上。

想不到壽司的照片讓艾爾格外開心。

『好美。我的國家離海很遠。我第一次看到。這種好像寶石的料理。』

我忍不住笑了出來。

我見到壽司頂多覺得看起來很美味，絲毫不會覺得漂亮。

與生活在不同文化的人交流比想像中還要有趣。令人雀躍。

我變得更想瞭解艾爾的事。

「妳怎麼老是喝這個。」

午休時間。

我在中庭用手機拍下紙盒包裝的奶茶時，湊突然找我攀談。他身旁似乎沒有其他朋友。

「拍這個有什麼好玩的？

哈哈，有夠無聊。這樣哪有人會按讚？」

這種事不用你說我也知道。我略帶火氣回道：

「不用你管。這是要傳給朋友的！」

「嘿——朋友。朋友是吧……
我倒想知道什麼人收到這種照片會開心？外星人？」
湊帶著嘲諷語氣說。
今天的他似乎有點壞心眼。
「我交了個外國朋友。」
面對我的回答，湊只說了一聲「是喔」。
真難得。我還以為他會繼續追問。
不過我沒看到他的表情。

時至肌膚會感到燥熱的季節，
我和艾爾的交流依然持續著。

不知為何，他兩天只會回覆一次。（是太忙了嗎？）
但間隔絕不會超過兩天。

最近他文法的錯誤變少，
幾乎沒有機會幫他糾正。

他頭腦說不定很好，我浮現這個想法。

『我沒去上學。

平常都在工作。

至於工作內容，請容我保密。

妳不必太在意這些，再多告訴我一些夏奈的事。』

艾爾似乎住在相當貧苦的地區。

想必是不工作就無法生存。

他明明那麼聰明，實在太可惜了。

放學回家時，書包裡的教科書變得有些沉重。

SIDE：EL

第一次收到回信時還以為是在作夢。

看到她接著傳的訊息更是叫我瞪大雙眼。

『我也是。』

出乎意料的這三個字，深深刻在我心中無法消退。

這世上竟有這種巧合。

我在昏暗的房間裡輸入『謝謝妳的回覆。』

稍微，有種做了壞事的感覺。

夏奈和我同年，似乎正在上學。

即使面對我寫的可疑訊息，仍一一回信。

她肯定是個認真的人。

在糾正我寫錯的地方前，

還特地先問『我能糾正你的錯字嗎？』，這令我大吃一驚。

她的溫柔實在令人目眩。

正因為如此，我才會感到沉痛。

我對夏奈撒了謊。

SIDE：NATSUNA

午休時間，同學們依然喧鬧。

我將學校配給的平板電腦放在桌上，開始預習下一堂課。

「猜拳輸的人，要去跟她講話。」

某個男同學手指著我嘻笑。

而另一個聽到這段話的同學則搖搖頭道：

「這懲罰遊戲也太噁心了吧。」

『今天在學校發生討厭的事，心情有點沮喪。
明明光是能去上學就已經夠幸福了。
對不起，跟你講這種無聊的事。』

我不希望父母操心，所以白天的事沒跟他們說。

明知告訴艾爾也只會讓他困擾，
今天卻說什麼都不吐不快。

按下傳送訊息鍵後，心中舒坦了不少。

『這樣啊。真是辛苦呢。
抱歉，我不知道該如何讓妳提起精神。』

我回說你不用在意。
光是看了艾爾的回覆，就讓我的心裡萬里無雲。

訊息還有後續。

『還有，能夠瞭解真正的夏奈讓我非常高興。
不論開心，還是無聊的話題，
全都說給我聽吧。』

我緊握住手機。

太好了。終於能放下心中大石。

老實說，我送出那段訊息後十分後悔。

他卻用我意想不到的溫柔話語包容我。

就如同不可視的護身符一般。

『無聊的話題，全都說給我聽吧。』

光是這麼一句話，就令我內心無限溫暖。

「哦——喔？意思是妳，

和那個偶然認識的筆友打得正火熱啊。」

星期六。

我唯一的同性朋友風香，

說想來家裡玩。

「什麼打得火熱。才不是呢，他是我很珍惜的朋友。」

真不曉得她怎麼能誤會成這樣。

風香則靜靜看著搖頭否定的我。

「算了，隨便啦。總之妳快看看我的新作。」

風香將手上的平板電腦遞給我。

畫面映出的是一部充滿黑暗氛圍的漫畫。

參加漫畫研究會的風香，

偶爾會向我徵求漫畫的觀後心得。

「欸，這不會又是壞結局吧？」

「蛤？我怎麼可能畫壞結局以外的東西。」

『一百分的壞結局更勝六十分的好結局。』

這是風香的美學。

老實說我有聽沒有懂，

每次看她的漫畫只會令我心痛。

這次新作是戀愛作品。主題當然是無法成就的戀情。

即使是沒交過任何戀人的我，

讀到最後也差點守不住眼淚。

「太難受了啦。」

「就說吧？」

「每當我以為看到了一絲曙光，
接下來都像是被打入地獄一樣……」
這次新作，結局實在超乎想像的難受。
雖然主角最後似乎認同了這樣的結果。
「討厭啦，別這麼誇我。」
風香害臊得雙頰泛紅。
這樣一個怪女生，卻是絲毫不畏懼我胎記的珍貴朋友。

入夜，在我寫作業時，

和風香的對話再次浮現在腦中。

「我說妳，如果想跟那個重要的朋友，

步入下個階段……」

「哪、哪有什麼下階段。」

不論我當時如何否定，風香依然呵呵地笑著。

她用食指推了推眼鏡說。

「我看這樣吧，要不要試著打電話給他？」

有如一問一答的訊息交流，
不知不覺中成了如交換日記一般的長篇文字。

高中課程所學。
讀過的書。
難過的事。

不論內容多麼無聊，艾爾都會一一回覆，
讓我忍不住把各種大小事都告訴他。

即便如此，唯獨打電話的事我就是遲遲不敢開口。

艾爾幾乎不會提及自己。

冬季悄悄地接近，
我也漸漸知道一些他的事情。

他一個人在外工作生活。
家裡養了一隻名叫卡隆的老鼠。

他說卡隆是『線蛸的一種』。
我聽了倒是納悶。
他是想說刺蛸嗎？

『希望這樣問不冒犯到你。

你們國家沒有把老鼠當作害獸驅逐嗎？』

雖然有些失禮，我還是忍不住提問。

可能是風俗民情有所差異吧。

不過他倒是回覆得非常乾脆。

『是啊，在我的國家也是被列為害獸。

但是卡隆不會破壞我的家，於是我就這麼養了起來。』

「呃，妳又在查什麼了。」

午休時間。我在學生較少的圖書室翻閱生物圖鑑，背後忽然傳來湊的聲音。

他從我頭上窺探圖鑑。

「老鼠。我在想能不能養來當寵物。」

「這、有點難吧。」

我不得不認同湊的意見。

現在想想，艾爾說不定是個怪人。

雙親帶著我來到晴空塔。

下午五點，我從天望甲板眺望被染成茜色的街景（註2）。

無數高樓的陰影和沿著河川前進的無盡車流，

形成一幅精細至極的畫作。

我拍了張照片傳給他。

這已不知是第幾次了。

最近，只要看到美麗的天空，總會想與他分享。

註2 天望甲板在東京晴空塔三五〇樓，可用望遠鏡觀賞街景。

SIDE：EL

我佇立在滿是砂子的大地上。

不經意望向天空，青色越來越濃。

「少在那發愣了。還不快前進。」

走在後面的一名同伴推了我的肩膀。

「啊啊……抱歉。」

我拖著疲憊的身子前行，

想著生活在遙遠土地上的那個女生。

這次她會寄怎樣的照片給我呢。

某天早上，

我看到卡隆正想咬放在架上的水果。

「不行。」

我倏地將水果取走。

這小傢伙是和我住在同一個家的夥伴，並不是寵物。
實際上，我也從來沒有餵過牠。

若牠無法自力更生可就傷腦筋了。
畢竟我隨時都有可能死去。

『沒有妳入鏡的照片嗎？』

就在某一天，這個問題終究還是來了。

「果然嗎」，我望著天心想。

畢竟我這陣子因期待他的回應，拍了一堆照片寄給他。

最後我老實地說——

『我右臉頰有一大塊胎記。不是很想給人看到。』

『這樣啊。不過，

就算妳有三隻眼睛我也不介意。』

艾爾的話語不禁令我心動。

雖然他大可放心，畢竟我只有一雙眼睛。

可是，縱使我有三隻眼，他依然會當我的朋友。

我緊抱住枕頭，在自己床上滾來滾去。

心裡雖然高興，卻又覺得無比害羞。

「他對我有好感」，我心想。

甚至比我想像得還要喜歡。

難為情最終轉變為勇氣。

我終於將這幾個月來藏在心中的話打成文字。

並趁著這股勢頭按下傳送鍵。

『要不要來通話？』

送出去後我忍不住抱頭苦惱。

啊啊，太急躁了。連個鋪陳都沒有。

但我想和他說話，想聽他的聲音。

這樣的想法已在心中膨脹到無法隱藏。

『對不起，我無法通話。』

他的回覆從這一句話開始。

『我工作很忙。』

看完腦中一片空白。

這是他第一次如此直截了當地拒絕我。

除了幾近心痛的寂寞外，同時產生了類似憤怒的感情。

工作是有這麼忙嗎？

就連打個五分鐘電話都做不到？

失望、懷疑、自我厭惡。

整整一個星期，我都沒辦法回覆他。

打從開始交流，第一次有這麼長的間隔。

不過是無法通話罷了，他又不是否定我這個人。

即使這樣思考，仍然沒用。

『這樣啊，我知道了。』我如此回覆。

雖然內心完全無法接受。

遲遲無法整理心情，即使難得彈了一下鋼琴。

買了最喜歡的點心也沒用。

我傳了段訊息給風香，希望她能激勵我。

『他說沒辦法通話。網友都是這樣嗎？』

不到一分鐘她就回覆了。

『欸，是嗎？打個電話很普通吧。』

啊啊，下了步壞棋。這下子更難受了。

『妳好久沒回覆，讓我好擔心。

我一直期待聽到夏奈的事，這段期間好寂寞。』

我也真是好哄。

原本跌落谷底的心情，

就被這句『我好寂寞』給一口氣拉得飄上雲端了。

有種整顆心被艾爾擺弄的感覺。

情緒隨著他的回覆陰晴不定，簡直像在單相思。

「我男朋友一直跟其他女人私訊聊天。而且持續半年了。」

教室一角傳來了抱怨聲，

讓我莫名驚得豎起耳朵聽。

「雖然這樣不算劈腿反而更加惡劣。

整天都在互傳些沒營養的東西。」

「那樣好討厭喔。」一旁同學同情地附和。

這麼說來我和艾爾的交流，也持續了半年以上。

仔細想想，我從來沒思考過他是否有戀人。

我偷偷摸摸地在桌下回顧訊息紀錄。

假設我算是「第三者」。

也沒有傳些帶有調情味道的訊息。

我為此鬆一口氣，接著又使勁捏了自己臉頰。

不對不對。

就是這種不經意的閒聊才更加惡劣。

我回到家，抓住抱枕，心情反覆。

假設艾爾已經有了戀人，

總覺得，這樣……非常討厭。

畢竟他都寫了『我想當妳的朋友』。

我就擅自認定他沒有戀人。

甚至不疑有他。

說不定像我這樣的「朋友」，他可多的是。

這類妄想如毒針般，不斷刺入我的心扉。

我從不知道。
原來對朋友也會產生占有欲。

一早，我費力撐起沉重的眼瞼，搭上人滿為患的電車。
湊從以前就十分搶手，我根本沒空去嫉妒。
風香則是喜歡一個人待著，
因此我從未考慮過她被搶走的可能性。
原來無法成為他人心中特別的存在，
會是如此難受之事。

一早，我電車就坐過頭兩次。

我抓著吊環望向窗外景色，

茫茫然地想些艾爾的事。

不論內容多麼無聊都會認真地一一回覆。

個性與眾不同，偶爾會回些意料之外的話。

他的這一切，都令我心儀得無法自拔。

我將手按在胸口，捫心自問。

我，喜歡上艾爾了。

那天晚上，我寫完作業就打電話給風香。

「所以呢，妳要告白？」

「欸，告白！」

我從沒思考過這種事。畢竟才剛意識到自己喜歡他。

「仔細想想，畢竟你們倆從沒見過面嘛。」

電話另一頭傳來風香的嘆息聲。

「不過妳喜歡他對吧。要是再磨磨蹭蹭的，當心被橫刀奪愛喔？」

心煩得徹夜難眠，我站起身打開房間窗戶。

一輪偌大的月亮高掛在天上。

再幾天就是滿月了。

我吹著晚風，試圖冷卻躁熱的身子，讓腦袋醒醒。

就算是喜歡，對一個從未謀面的人告白，

怎麼想都有點古怪。

可是……可是，就算怪又如何？

「總之將心中的情感，傳遞給他吧。」

我自言自語。

而皎白的月亮不語。

我心想，原來戀愛是這般苦工。

要憑一己之力苦惱，獨自背負如山的重擔。

得自己思考是否喜歡對方。

自己決定是否要告白。

和在學校學習有著天壤之別。

『我喜歡你。』

苦惱了三天三夜，最後寫下的卻是如此單純的話。

『我知道，從未與你見過面卻有這種想法很怪。

但是艾爾的話語，還有心，都令我心動不已。』

寫這些簡直讓我害羞到差點昏死過去。不過我希望向前邁進。

我添上最後一句話，按下了傳送鍵。

『你願意成為我的戀人嗎？』

我從未像這次期待過回覆。
但不論等了多久，通知鈴聲依然沒響。
他傻眼了？被無視了？這類糟透的想像無法停下。
課堂時間心不在焉，連作業也無心理會。
看著夜空中的月兒輪廓逐漸模糊。
才發現雙頰不知不覺濡溼了。
我好怕。
要是，連朋友都當不成該怎麼辦。

當月亮落下兩次。

他一如往常地回了信。

『對不起。妳說喜歡我，讓我感到很高興。』

心臟像是被潑了冷水一般。

他果然感到困擾。畢竟我們連面都沒見過。想也當然⋯⋯

就當我將視線掃向最後一行時。

險些從眼眶裡掉落的淚水收了回去。

『不過戀人是什麼意思？』

CHAPTER 2

算著彗星週期的一百年，
和我的餘命相減。

在超商發現了新發售的商品。

檸檬奶醬可頌。

看起來清爽可口。

我打開書包，將袋裝的可頌放進去。

接著從冰櫃取出紙盒包裝的奶茶，

便離開超商。

一出店外口袋裡的手機便發出震動。

提醒我完成自動結帳。

一到教室我就取出平板電腦。

第一堂數學課是自習，
無須配合周遭的步調。

我按下開始鍵，早早進行自習。

一大早，周圍學生還忙著閒聊，
但我沒說話對象所以沒差。

況且，要是不做點事分神反而會讓我想個沒完。

午休時間，煎蛋捲從我的筷間落下。

『戀人是什麼意思？』

這句話是想表達什麼？

是拐著彎拒絕我？

這世上，有誰無法用語言定義戀人？

就算各國有文化差異，總有電影或書之類的能看到啊……

不明白。

我將煎蛋捲硬塞入口中，說實話食之無味。

我無法停止嘆息，還不時嘟囔著「可是」。

我所認識的艾爾，不會用這種拐彎抹角的方式拒絕人。

最後，我決定老實回答他的疑問。

將字典查到的意思用自己的方式消化後和他說明。

『所謂的戀人，是指感情超越朋友的對象。

必須雙方喜歡彼此，是獨一無二的存在。』

『這和伴侶不一樣嗎？從朋友成為戀人會有什麼變化？』

看了艾爾的回信，令我產生一種不知是安心、

又像輕飄飄失去意識一般，十分不可思議的感受。

原來他是真的不懂。

『和伴侶不一樣喔。

朋友之間可能只會牽手，

但戀人可能會接吻……甚至是更進一步？』

寫這些東西弄得我滿臉通紅。

人們究竟是如何知曉戀愛為何物呢？

在艾爾提問前，

我甚至沒想過要翻閱字典來瞭解戀人的定義。

街道理所當然地染上了戀愛的顏色。

超商放的流行歌、當紅的連續劇裡，

充滿了相戀之人。

事到如今我才瞭解。

他和我，有著某種根本上的差異。

『原來如此。所謂的戀人，雖非伴侶關係，卻會對彼此做伴侶間才會做的事。總覺得這是個……相當猥褻的關係啊。』

我看完差點從房間椅子跌下來。

「猥、猥、猥褻！」

不，老實說我也無法否定。

這陣子收到他的回覆總會讓我驚訝不已。

好像有無數件事得一一向他說明才行。

「你覺得戀人的定義是什麼？」

湊在學校的圖書館寫著作業，坐在他旁邊的我隨口問了問。

「什麼！欸？妳沒事問這幹麼……」

湊罕見地眼神游移。

本以為他早已是情場老手，看來並不是這麼回事。

「這個嘛，應該是指這世界上最珍惜的對象吧。」

「這樣啊。嗯……有道理！謝啦，湊。」

夏奈露出我從未見過的、極其爽朗的笑容。

「妳沒事問這幹麼啊。欸，妳不會有了喜歡的人吧？」

我說笑的，反正不可能。

我不過是想捉弄她罷了，夏奈卻羞得低下頭，雙頰染上了一抹薔薇色。

「蛤？」

騙人的吧。我究竟什麼時候被人捷足先登了。

『我重新思考過，戀人到底是什麼了。』

我在通勤的電車上，用手機打著回信。

『雙方認定彼此是與他人不同的特別存在，
光是想著對方就會覺得幸福。
我覺得這就是所謂的戀人。』

我一邊長壓著傳送鍵不放。

一邊祈禱著，希望我對他而言是特別的存在。

這次我可能真的被甩了。

這兩天，我想像過無數次這樣的未來。
如今我能做的只有等待。

本以為他會傳來是或者否之類的答覆，
然而信中的內容依舊超乎我的想像。

『我很高興聽到妳的想法。
請給我點思考時間。
還有，我必須向妳誠實地說明一件事實。』

『我對妳說了謊。』

看到這段文字的瞬間，心臟發出了討厭的聲響。

說謊是什麼意思。

艾爾其實是筆名？

他年紀大我很多？

不過，這點小事不會改變我的心意。

我深呼吸做好覺悟，接著看下去。

『妳和我這一生都不可能見面。其實，我住在其他星球。』

SIDE：EL

七個月前，我在廢墟一隅發現了死去的朋友。

他是我唯一的朋友。

有個手持武器的大人倒在他旁邊。

看來是同歸於盡。

他熱心待人，身旁總是圍繞著鄰居小孩。

耳邊似乎聽到他人的呢喃，提醒我這裡是戰場。

不論是多麼溫柔和善的人，都會在這黯淡無光的地方孤獨地迎接死亡。

倒在他身旁的大人，穿著光鮮亮麗。

相信是在敵軍裡地位顯赫的人物。

我不經意看到，他的通訊終端裝置從胸前口袋露出來。

似乎是面板受光就會充電的機種。

我擊點畫面，螢幕便亮了起來。

應該還能用。

上次將完好的通訊終端裝置握在手上，我都快不記得是何時了。

這說不定能賣個好價錢。

我將黑色終端裝置藏入懷中，盡可能莊重地為朋友哀悼。

「艾爾你怎麼老在看書啊。

偶爾啊，也跟我去外面玩玩嘛！」好懷念他拉著我到處跑的日子。

他不但為人開朗，還非常體貼。

不論經驗過多少次，我仍無法習慣失去。

當我注意到，淚水已從眼眶落下。

過去和親人住的兩人小窩，如今已沒留下什麼東西。

為了生活，我將能賣的東西全部賣光了。

線蝟卡隆在桌上搖著牠白色的尾巴。

牠平時總是和我保持一定距離，

今天卻難得靠近我腳邊。

我將卡隆放到膝上，摸了摸牠溫暖的背。

我對自己感到絕望。

對我那已成屍骨的友人。

我竟然有一絲羨慕。

我在這磚頭家中徹夜顫抖不止。

這裡是沙漠中的紛爭地帶。

誰都有可能隨時死去。

朋友有我為他哀悼，那我呢？我已經失去所有家人和朋友了。

縱使我明天死去，也不會有人為我落淚。

忽然傳來了削東西的喀喀聲。

不知不覺卡隆從我膝上離開，在桌上咬著某個東西。

是我從軍人身上取走的黑色通訊終端裝置。

我急忙取走終端裝置。

忽地畫面發光，顯示有一則通知。

『您有新訊息。』

我不由自主地點下通知欄。

『你的傷沒事吧？今天能回家嗎？』

看起來是那名軍人的家人，
畫面滿滿的都是擔心他安危的話語。

罪惡感壓得我反胃。

我看著那則訊息，想起了親人。

溫柔、愛操心。
在我小時候總是拿著書念給我聽，
那個再也無法見面的寶貴家人。

「哎，念這本書給我聽啦！」

某天晚上，我拿著繪本走到親人面前。

總是頷首而笑的親人，

在那一天卻露出了困惑的表情。

「這本書是用其他星球的語言寫的。對艾爾可能太難了。」

「不管啦。我今天就是要聽這本。」

最後就如親人所說，我完全聽不懂故事內容。

「念這本！」

「欸，又是這本？」

我喜歡這本書的封面，之後也無數次要求親人念給我聽。

久而久之，我逐漸理解了故事裡的意思。

這是個救了烏龜的漁夫，被招待到海中城堡的神奇故事。

「海好漂亮喔。藍藍的還一閃一閃發光。」

「是啊。不知道地球的海是不是真的是這樣的顏色。」

在距離我們居住的星球「普蘭特（註3）」相當遙遠的地方，
有一顆蒼藍的星球。

親人稱那裡為「地球」。

過去抵達普蘭特的地球人們，
就這麼集體定居在這顆星球上。
所以至今地球人的文化和語言，仍有一部分留存下來。
這本書也是「地球帶來的文化」之一。

註3 普蘭特為 **plant** 的音譯。

我低著頭看向手中的終端裝置。

兒時，令我深深著迷的地球，

直到剛才，都早消失在腦海之中。

每天只想著要怎麼活下去。

那天晚上我因為太過寂寞——做了個平時的我絕不可能下的決定。

比起趕緊拿這終端裝置去換水跟糧食，我選擇了輸入訊息。

輸入那個令人懷念的地球語言。

於是我認識了夏奈。

夏奈說就地球人的價值觀來說，她非常「普通」，
不過對我而言，卻是「特別的」異星人。

我傳了許多則訊息出去，唯一有回信的只有夏奈。

我不希望她感到警戒，
於是隱瞞了住在普蘭特的事實。

就這樣，我們之間的交流開始了。

為了換得維生的糧食，我作為少年兵，投身於戰場之中。

我從未和夏奈說過，自己從事這樣的「工作」。

正因為從她的文字就能分辨出她為人非常溫柔，
我才不敢對她開誠布公。

我不希望被她畏懼。

若連這份得來不易的情誼都失去，
我的人生就什麼都不剩了。

SIDE：NATSUNA

八十年前，發生了原因不明的慘劇。

航向星球「普蘭特」的載人火箭爆炸，

與地球的通訊也就此斷絕。

五年後，偵察機確認其中八名成員已經身亡。

這是有名到被記載在教科書上的宇宙事故。

我一直認為這種事和自己毫無關係。

直到我收到他的回信。

我心想總有一天要和艾爾見面。

雖然現在沒錢也沒空閒，不過等我上了大學，

就要努力打工賺錢，然後搭著飛機，飛往他的國家。

這份令我興奮不已的幻想。

全是泡影罷了。

我漫無目的地走出房門，將手放在玄關的門上。

我完全不明白了，這一切的一切。

包括自己的心意在內。

「夏奈？這麼晚了妳要去哪？」

母親向我搭話，我頭也沒回，只冷冷說了一句「我去便利商店」。

「天這麼黑記得早點回來。來，帶把傘。」

她將白色雨傘遞給我。

正當我要接過時，耳中傳來驟雨的聲響。

外面似乎下起了小雨。

我頭也不抬地把傘接過。

我在籠罩著濃厚夜色的路上漫步。
老舊的路燈發出滋滋聲不停閃爍。

「我，到底在做什麼啊……」

這句嘟囔被勢頭轉強的雨聲蓋過。

路上不見人影。
就好像以雨傘為界，將我從這世界切割出來。

會不由自主走向附近的公園，
也許是這份寂寞所致。

兒時經常在這公園玩耍，現在一看感覺變袖珍不少。

「啊！」

可能因為恍神。

一不小心被臺階絆倒狠狠跌了一跤。

衣服上沾滿泥巴，擦到的手掌也滲出血水。

但幾乎沒感到疼痛。

然而沒有受傷的胸口，卻痛苦到難以承受。

我坐在屋簷下的長凳，再三確認了訊息。

說不定是場夢。

也有可能是我看錯。

心中抱持這類淡淡的期待。

只可惜不論確認多少次，他的一字一句都是真實的。

『妳和我這一生都不可能見面。』

滴、滴。文字突然模糊。

直到看見滴在螢幕上的水珠，我才察覺自己哭了。

或許是過度混亂，
熱淚從眼中不斷溢出，
腦袋卻格外平靜。

我到底，為什麼會感到悲傷。

因為一生都無法和喜歡的人見面？
因為對我的告白持保留意見？
好像每個都是正確答案又不太對勁。
又或是——因為他對我說謊。

我在黑暗中，拿起手機搜尋他的星球。

行星普蘭特。
除了地球外，唯一確認到有生物存在的遙遠星球。

地球與普蘭特間設置了許多人工衛星，
近年終於能成功進行星球間的通訊。

但能做到的只有通訊。

地球人最後一次抵達普蘭特，
已是距今兩百五十年前的事了。

我並不是因為總有一天能見面這樣的理由才喜歡他。

不過這實在是太過空虛了。

我應該如追逐幻影般繼續這場單戀？

對著這輩子連親口叫他名字、緊緊擁抱他都做不到的對象？

「嗚、嗚……」

我在豪雨之中啜泣。

已經太遲了。

我早就喜歡他到難以抽身了。

腦中浮現起許多文字又慢慢消去。

『我想當妳的朋友。』
『不論開心，還是無聊的話題，全都說給我聽吧。』
『就算妳有三隻眼睛我也不介意。』

不論多麼難過，
我卻只能回想起那些令我開心的話。

此時，遠處突然傳來人聲。

「哈，妳……在這幹麼啊。」

湊出現在雨水交織而成的紗簾彼端。

看他的樣子應該是剛結束社團，肩上還背著超大的運動背包。

他慌慌張張地衝向我這。

「是誰對妳做這種事！」

「沒有啊……不是別人弄的……」

我腦中浮現從未見過的艾爾的背影。

頓時無法馬上答覆是我自己跌倒罷了。

「自己跌倒就哭了出來？妳是幼稚園小孩喔……」

湊一臉煩躁地嘆了口氣。

但他的手上，卻牢牢抱著我那吸滿雨水和泥水的上衣。

他似乎打算送我回家。

我的肩上，披著一件藍色運動風衣。

那是湊原本穿著的外套。

這麼說來，國小時也發生了類似的事。

某天傍晚，我說什麼都不想上補習班，
最後坐在公園長凳消磨時間。

坐著坐著，開始覺得逃避補習的自己很丟臉，便嚎啕大哭起來。

當時也是湊跑來向我搭話。

陪他練完籃球後，
他就牽著我的手送我回家。

「湊，你有喜歡的人嗎？」

雨遲遲沒有停息。

湊停頓了許久才回覆。

「……嗯，有啊。問這做什麼。」

「如果對方說你們不能見面。而你也找不到方法去見她……

你還會繼續喜歡她嗎？」

我硬擠出顫抖的聲音問道。

「我哪知道。可能會喜歡到討厭對方為止吧。」

「別感冒啊。」湊說完便將我送進玄關。

之後只記得母親非常擔心，我意識朦朧地洗了澡，等回神時已經早上了。

心中還是相當忐忑。

但我還是想繼續和艾爾聯繫。

我想認識真正的他。

因為我喜歡他。

要我討厭他，根本不可能做到。

等我回信已經是四天後的事了。

『老實說我十分迷惘，內心也很受傷。』

我不斷打字又刪去，才終於把回信寫好。

『首先要謝謝你跟我說真話。

為什麼你會將保守至今的祕密告訴我？』

我在狹隘苦悶的教室裡，

將訊息傳至遙遠的星球上。

『我非常抱歉，妳會討厭我也是理所當然的。』

收到的回信中敘述了各種真相。

普蘭特有許多區域爆發紛爭。

艾爾就住在流彈紛飛、交火中的危險地帶。

他擔心如實告知會令我害怕。

當我讀完這些訊息時，有種第一次窺探到他內心的感覺。

訊息的最後寫下了他的一個心願。

『對我來說夏奈是無可取代的朋友，

我非常珍惜至今的一切交流。

希望妳能相信我。』

我趴在房間書桌上小聲嘀咕了句「這種事……」。

這種事，我早就知道了。

誰叫艾爾的話語總是那麼溫柔。

當風香聽了我的近況後，就連她也不禁瞠目結舌。

「我還以為只有研究員之類的，
才會跟那顆星球上的人交流呢。」

會這麼想也無可厚非。

我們這種尋常老百姓，
就連普蘭特是用哪種語言都不清楚。

「妳覺得他們是用什麼語言。普蘭特語？」

「應該沒那麼直白吧。」

風香的雜學知識比我要強得多了。

她的平板電腦裡塞滿了無數書籍以及資料，幾乎稱得上是數位圖書館。

但即使是這樣的她，也對普蘭特的文化一知半解。

「算了，這種複雜的事就先放一邊吧。」

風香嘆了口氣。

「妳打算怎麼做？要取消告白？」

我搖了搖頭。

「我不會取消吧。又沒辦法改變喜歡他的事實……」

「原來如此。」風香點點頭。

接著拿起她的平板電腦不知在閱讀什麼。

「嘿——真假？妳知道這個嗎？」

她指著畫面上一角。

「上面說普蘭特存在著生物學上定義的十種性別。」

「十種！」

「是啊。具體來說有Deni、Ail、Su——」

「等、等一下，先暫停。」

我急忙制止風香繼續念平板電腦上顯示的論文。

沒辦法思考了，頭甚至有點暈。

這不光是性別定義的問題。

這種事不過是冰山一角。

艾爾和我之間，究竟有多少這樣的差異。

相對於抱頭苦惱的我，風香則是眼神炯炯發光。

「僅以心靈相繫的遠距離戀愛，

身在遙遠星球的心儀之人！

文化、甚至種族之間都相差甚遠……下部作品就決定畫這個了！」

看著她奮筆疾書做起筆記，

我都傻眼到不知該如何生氣了。

「妳不會想連這個都以悲戀收場……」

「當然。這才是我啊。」

「對不起啦。不過現實跟虛構是兩回事嘛？」

風香拍了拍無精打采的我。

冷靜思考一下，要找戀愛幫手的話，找湊說不定還比較有用。

「妳乾脆去當太空人如何？」

「妳又在亂說話了……」

風香變得一本正經地說了下去。

「但妳只剩下這個方法不是嗎？」

假日，我跑去澀谷買東西。
澀谷中心街的擴音器放的流行情歌，
硬是灌入我的耳中。

『還想再見妳一面。』
『不要走。』
『最後的吻……』

即使聽了那淒美的旋律，我的心仍毫無波瀾，甚至忍不住失笑。

傷腦筋。
在這熱鬧的街道上獨身一人，談著對情歌毫無感觸的戀愛。

新聞報導。
研究論文。
網路上出處不明的謠言。

我從早到晚都對著書桌，
蒐集各式各樣關於普蘭特的情報。

有一說，從地球到普蘭特的通訊需費時二十四小時。
反向亦是。

如今我才恍然大悟，為什麼每次傳送訊息，
最少也要花兩天才能收到回覆。

『其實，我之前對於每次都得花上兩天才能收到回覆，感到有些不滿。對不起。』

我躺在床上一邊打字，一邊回顧至今為止的訊息。

他的回信總是在兩天後送到。

換言之，艾爾即使再怎麼忙，也會立刻回信。

『還有，聽說你那邊有十種性別，是真的？』

『有關時間差的事，會造成妳的誤會也是沒辦法。
另外，關於性別的事情就如妳所說。難道地球不是嗎？』

我收到回信後，內心在不安和好奇之間搖擺不定。

我看到艾爾的第一人稱（註4）就擅自認定他是男生，
沒想到大前提根本就錯了。

有著十種性別的世界，
究竟長什麼樣子啊。

註4　艾爾的第一人稱是「僕」，在日文上是屬於男性的自稱詞。

艾爾對於地球上生物學定義的性別只有兩種，
感到無比震驚。

『怪不得啊。
我一直在想地球的繪本出現的爺爺奶奶到底是指什麼，
原來是表示年齡和性別的語言呀。』

他似乎是透過繪本來學習地球的語言。

會用男性的第一人稱，
似乎是在模仿喜歡的繪本主角。

記載普蘭特的書上有著這樣一段記述。

『對普蘭特人而言，
性別就跟血型或指甲形狀差不多。
在日常生活中幾乎不會在意。』

即使能理解也實在難以想像。

不在意性別的人們。
不知戀人為何的人們。
和平凡的我實在相去甚遠。

『我的性別是 Beya。
以地球人的性別定義來判定的話，
應該是接近男性……大概吧。』

雖說是理所當然，但如今我得知艾爾的性別也沒有太多想法。

「原來真的跟地球不一樣啊。」

這聲呢喃在夕陽下溶解。

戀慕之心真是有夠麻煩。
甚至讓我覺得「即使不一樣也沒關係」。

街道開始被櫻花色渲染。

從第一次收到訊息那天算起，已經過了一年。

『今天我拍到了最喜歡的櫻花照片所以寄給你。
在我住的國家一到春天，
就會有一小段時間開滿這種花。』

艾爾看到櫻花盛開的照片果然非常開心。

『謝謝。真的好美。
要是能跟妳一起看就好了。』

『我該如何向妳回禮？』

當我看到艾爾訊息的最後一句時，
我瞬間就想到該要什麼「回禮」。

雖然有可能會被他拒絕。

但我希望更瞭解他，想要更加接近他，
我不想再畏畏縮縮、整天看人臉色了。

「我想看艾爾拍的照片。如果可以的話，再加上艾爾的自拍照。」

SIDE：EL

我隸屬的小隊加入了新成員。

聽說是某個部隊長的兒子。

他相當嬌小，甚至比我還矮。說不定年紀也比我小。

他總是擺出冷淡的態度，

導致第一天就被周圍孤立。

不過，我卻相當在意那個新人懷裡藏的東西，

於是在休息中向他搭話。

「那本，是醫學書？」

新人露出了訝異的表情。

「你……看得懂字啊。」

「算是吧。我親人喜歡看書。」

「就一個小卒而言算是挺罕見的。」

新人叫做烏茲。

他自視極高，說話總是帶刺。

看來要跟他混熟需要花不少時間。

「你找我就想問這個？我沒打算跟你們這幫傢伙混熟。

只要能殲滅敵人，其他事我一概不管。」

周圍的成員在遠處旁觀，
但依然能聽到他們在竊竊私語。
「呸，真是囂張的小少爺。」
「不過人家可是部隊長的兒子啊？」
說話的同伴們露出凶惡的眼神。
就當我打算識趣地離開時，突然想到一件事想拜託他。
「烏茲，不好意思，你能幫我拍張照嗎？」
「什麼？」

「總覺得，艾爾你有點天然呆啊。」

一個背著光線槍的同伴說道。

「咦？我想應該不至於吧……」

「不不。一般來說，

哪有人會拜託那種像利刀的傢伙當攝影師啊？」

我歪頭回覆「是這樣嗎」。

我不過是回想起要拍照的事，而他碰巧在我面前，

覺得正好而已。

背景是片一望無際的沙漠。

望向鏡頭的人，灰白色的頭髮在風中飄逸，長著一副介於少年、少女之間，美到讓人看了內心一揪的中性臉蛋。

「這樣啊……原來髮色跟地球人也不一樣。」

與其說是人類，更像是幽靈或神明一類的。

照片中的艾爾比想像中更加夢幻，卻有種許久之前就認識他的親切感。

我升上高中二年級。

眼前平板電腦上映出的是選填志願的表單。

我連第三志願都填不完，放學後仍抱頭苦惱。

如此煩惱還是人生第一次。

我的醫生父親和藥劑師母親，
兩人都希望我往醫學之路前進。

如今，我的眼前卻出現一條截然不同的道路。

過去我從未忤逆父母的意向。

所以當母親說「我有話要跟妳談」，並把我叫出房間時，我嚇得膽顫心驚。

「這是怎麼回事？」

母親一臉悲痛地說。

她手上拿著三方面談用的資料。志願欄裡寫的是東京都內的某間大學。科系是——航太與系統工程學。

「夏奈，妳突然間怎麼了。去年妳上補習班時明明說要考醫學系……」

母親會感到困惑也不意外。

畢竟我直到前陣子，才產生了這個念頭。

「我想念航空宇宙工學。」

「為什麼？就職的醫院，爸爸能幫妳介紹啊——」

「媽媽。」

這全都是第一次的經驗。

不論是被提出這樣的質問，還是打斷母親的話。

「我找到了想學的東西。
雖然可能不適合我，
也有可能無法達成……」

我說話聲音變得越來越小。
誰叫我也沒自信能做到。

「妳是打算開發火箭？
難不成，妳是想當太空人……」

見我沉默不語，母親就察覺到答案了。

「我反對。爸爸肯定也是同樣的想法。」

媽媽拋下這句話便離席了。

「我想也是」。我在心裡碎念。

醫生工作忙翻的爸爸不可能反對媽媽的意見。

畢竟他最討厭麻煩事了，

跟媽媽唱反調似乎就是他認為最麻煩的事。

我很尊敬聰明又努力工作的雙親。

雖然對他們也有尊敬以外的想法。

「——火箭在升空後墜落，

這次意外造成兩名太空人死亡，五名受傷……」

一早，藍牙喇叭在最糟糕的時機播出這則新聞。

坐在桌子對面吃著熱三明治的媽媽，

露出一副「看吧，我早跟妳說了」的表情看向我。

結果，這頓早餐就在沉默間結束了。

『普蘭特的天空是偏黃的灰色。
不過，在傍晚時會染上一片濃郁的藍色。』
『到了晚上，幽暗的天空會看到兩顆衛星。
名叫米亞跟路伽達，
這兩顆衛星在特定時期甚至會重疊在一起。』
每當艾爾告訴我關於普蘭特的事，
我就會在腦中想像那遙遠星球的風景。
藍色的夕陽，以及兩顆月亮。

我決定不顧父母的反對，

報考都內大學的工程學系。

『我打算成為太空人。』

這件事我第一個先讓艾爾知道。

在我心中飛散的火花，如今已經化作了熊熊火焰。

我想更加瞭解在那遙遠彼端的星球。

想親眼看到，艾爾所見的天空和大地。

一旦有了夢想，

我才第一次感受到，過去如義務般的學習竟會如此快樂。

不論是比較審斂法，還是熱化學方程式。

以及無數的英文單字。

全都聯繫著我所期盼的未來。

『我支持妳。妳一定能夠實現夢想。』

光是從喜歡的人那收到這句話，就讓我產生了繼續奔馳數十年的動力。

那怕未來會被多少人反對。

湊在高中的走廊上被女同學團團圍繞。

他還是那麼受歡迎。

「哎，湊你打算考哪？」

「嗯——不知道耶。我還沒考慮過。」

這瞬間我們眼神對上了。

雖然他露出笑臉與旁邊的人對答，

不過看起來十分疲倦。

他為人開朗，卻是會敏銳地察言觀色的類型。

「湊感覺不太會因戀愛苦惱。」

「蛤？」

放學回家時，正好碰見了湊。他今天似乎沒有社團活動。

「你身邊又不缺對象，還是個萬人迷。」

看起來就是和遠距離戀愛無緣的人。

「妳是想說任君挑選是吧？哪有可能啊。」

他在紅燈前停下腳步，深深嘆了口氣。

我回想起某年冬天發生的事。

當時我和夏奈還是國中一年級。

我用冷冰冰的手指玩鬧地戳同學脖子，「好冰、你別鬧了！」見對方生氣反而更讓我開心。

接下來也用同樣的方式去捉弄夏奈，本該是這樣的。

夏奈卻溫柔地，將碰了她脖子的我的手指包在掌心說：

「你身體好冰喔，要注意保暖啦。」

指尖傳來了夏奈的體溫。

搞得我差點哭出來。

我在學校有很多朋友。

不過，會以溫柔的表情，

幫我暖和如結冰般凍僵手指的人，只有這麼一個。

「妳這人真是……」

我將手甩開，使勁摸了摸夏奈的頭。

妳喔，就是這點啦！

我和夏奈保持著不遠不近的距離。

我知道她在學校常被人欺負，
但我幾乎沒有出面保護她。
尤其是國中以後。

因為我很清楚，要是自己插手幫忙，
夏奈的遭遇肯定會更慘。

真是有夠噁心。
排擠、嫉妒。
那些傢伙竟為了如此無聊的理由傷害他人。

不過是因為臉上深色的胎記就被疏遠。
加上她成績優秀，使得那些每天得過且過的人自卑感作祟。

除了同一個國中有個叫風香的怪女生外，
誰都不願意接近夏奈。

所以我才大意了。

以為不會有人來跟我搶。

以為不會有人察覺夏奈的溫柔和直率。

這是我第一次感到焦躁難耐。

我本來還自認為，完美地把握了周遭的感受和夏奈的狀況。

「妳不會有了喜歡的人吧？」

本來只是開開玩笑，但夏奈的表情卻誠實地回答了一切。

我的心痛到有如發出破碎的聲音。

早知道不要弄得八面玲瓏，

當個直來直往的人就好。

我們就快要到家了。

「妳有喜歡的人對吧。」

我盡可能故作冷靜地問。

「真、真虧你看得出來……」

夏奈終於點頭承認。

不過，她露出一臉複雜的表情，使得我更加在意。

「哼——還順利嗎？」

明明是我自己問的，卻滿心期望她不要點頭。

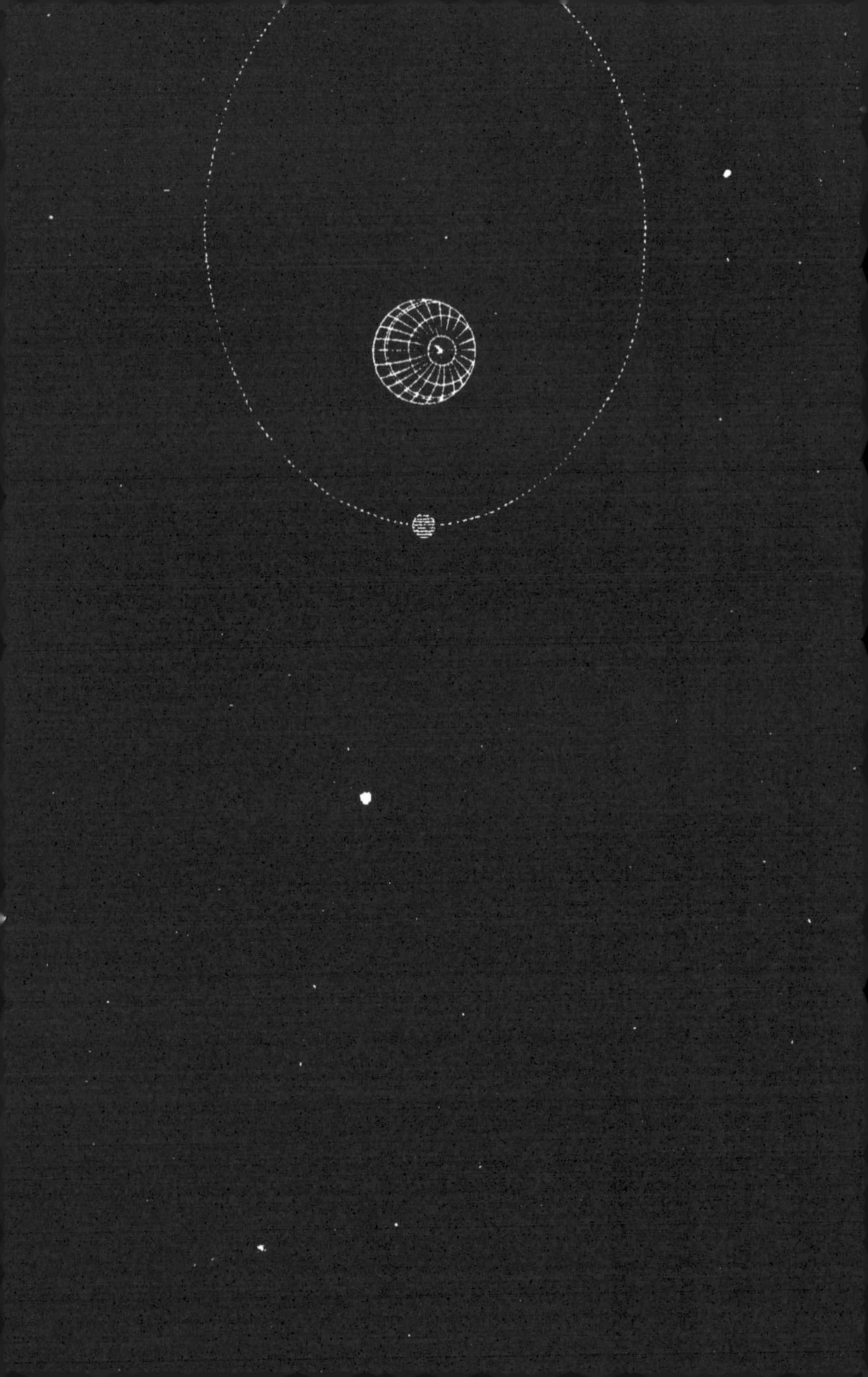

真難得湊會找我聊戀愛話題。

雖然難得，不過他和風香不同，

能聊些普通的戀愛話題實在令人開心。

「我向他告白了，不過他暫作保留。

畢竟他各方面都太過特殊。」

我還在猶豫艾爾的事要提到哪種程度時，

湊驟然拉住我的袖子。

「要再多聊聊嗎？」

「欸……啊、嗯！」

手腕稍微碰到了湊的指尖，

在他平淡的表情下，簡直熱得驚人。

雖然手指馬上鬆開，但那瞬間的炙熱卻深深印在我腦海。

「要、要在哪聊？」

不知為何突然緊張起來，好久沒在放學回家途中繞去別的地方。

「咖啡廳或家庭餐廳如何？去哪都行。」

SIDE：EL

我祈求過無數次，要是不知道什麼是幸福就好了。

我知道鎮上毫無動亂時是什麼模樣。

也體會過家人團聚的溫暖。

正因為失去了才感到空虛，

甚至叫人迷失活下去的意義。

這樣的我，在認識夏奈後才終於回想起來。

我的人生不光是強奪、傷害他人。

我依然有著會受美景所吸引，以及珍惜他人的心。

SIDE：NATSUNA

我們到了附近的家庭餐廳面對面坐著。

「最開始是收到了他的訊息——」

我說明了至今的原委。

湊手拿從飲料吧取回的可樂聽著我說。

「妳確定，這人真的沒問題嗎……」過程中還皺了好幾次眉頭。

「竟然是連面都沒見過的外星人。」

「是普蘭特人。」

「還不是一樣。」

SIDE：EL

我喜歡地球的景色。

帶有紅、紫色層次的朝霞。
天空和大海無比通透的藍。
如鏡面散發出光芒的高層大樓。

我住的沙漠小鎮，放眼望去一片赤銅色，
根本無法拍出能讓夏奈高興的照片。

然而某一次，她這樣寫道：

『我不是想看美麗的風景，而是想看艾爾所見的景色。』

「妳確定他是真實存在的？就沒想過妳其實是被整了嗎？」

湊加重說話語氣。

每當他歪頭思索，巧克力棕色的頭髮便隨之搖曳。

「他不是會惡作劇的人。」

「妳又知道他什麼了。」

想法被完全否定，讓我變得火大。

「那湊你呢，你敢保證自己完全理解喜歡的人？」

SIDE：EL

我在部隊的最前線架起槍枝時，
忽然想起從夏奈那聽到的戀人定義。
『雙方認定彼此是與他人不同的特別存在。』
夏奈曾說過我在她心目中是特別的。
『光是想著對方就會覺得幸福。
我覺得這就是所謂的戀人。』
現在的我正是如此。
光是想著妳，內心就被填滿了。

SIDE：NATSUNA

他的視線開始游移。

「我怎麼可能不瞭解喜歡的人。」

「那你說說看啊？」

湊露出放棄的神情回答：

「整天只會念書，不懂人情世故，人家說什麼都信。

還有很會彈鋼琴。

喜歡喝加了砂糖的奶茶。」

我聽完差點把手上裝了甜甜奶茶的杯子打翻。

SIDE：EL

今天，平安回去後就跟夏奈講吧。

說『我們已經是戀人了』。

她應該會很開心吧。

不知道讀了訊息會露出怎樣的表情。

霎時間，周圍傳來了槍響。

敵人來襲。

正當我想確認狙擊手的位置時，意識突然遠去。

雙眼闔上前，似乎看到自己胸口被染成赤黑色。

在幽暗森林選了錯路的我，
再次選擇錯路只為與你相見。

CHAPTER

3

SIDE：NATSUNA

在辦公場所的走廊，忽然有人拍了我的肩膀。

我抱著行李轉過頭去，看到後輩露出滿面笑容。

「前輩，我都聽說囉。妳通過第二次選拔對吧。」

「哎呀，真虧妳知道。明明結果才剛出爐而已。」

後輩的眼睛如黑珍珠般閃閃發光。

「距離成為太空人只差一步了呢。夏奈前輩。」

『今天我們一定要好好談談。』

從辦公室回家的途中，看到手機畫面顯示的通知，我的情緒一口氣變得沉重。

坐上和回家不同方向的電車，漫步於霓虹燈閃耀的夜晚街道。

「沒問題，我就是我。」

我在餐廳入口調整呼吸。

我不能再繼續逃避下去。

我要說服父母，然後上宇宙。

十年前，艾爾突然斷絕聯絡。
正好在湊向我表白的同個時期。

一週過去，
一個月過去，
半年過去，
艾爾仍沒有回信。

我們明明沒有吵架。

此時我才終於明白。
生活在戰亂地帶究竟是怎麼回事。

我還什麼都不明白。

最喜歡的人過著怎樣的生活。

有沒有受傷。

甚至是生是死。

一開始我以為對方只是太忙，

過了一整年沒有聯絡，我才終於崩潰。

那個人，說不定已經死了。

我連「初次見面」，以及「再見」，都沒有機會親口對他說出。

不論我的內心多麼不安定，時光依舊無情且正確地飛逝。

上課、志願面談、準備大考。

笑笑地說妳一定考得上的老師。

母親困惑的聲音。

種種事物在空洞的我面前浮現又消失。

最終我從高中畢業。

對未來無限徬徨的我，還是被無法割捨的戀心，

引導到宇宙工程學的路上。

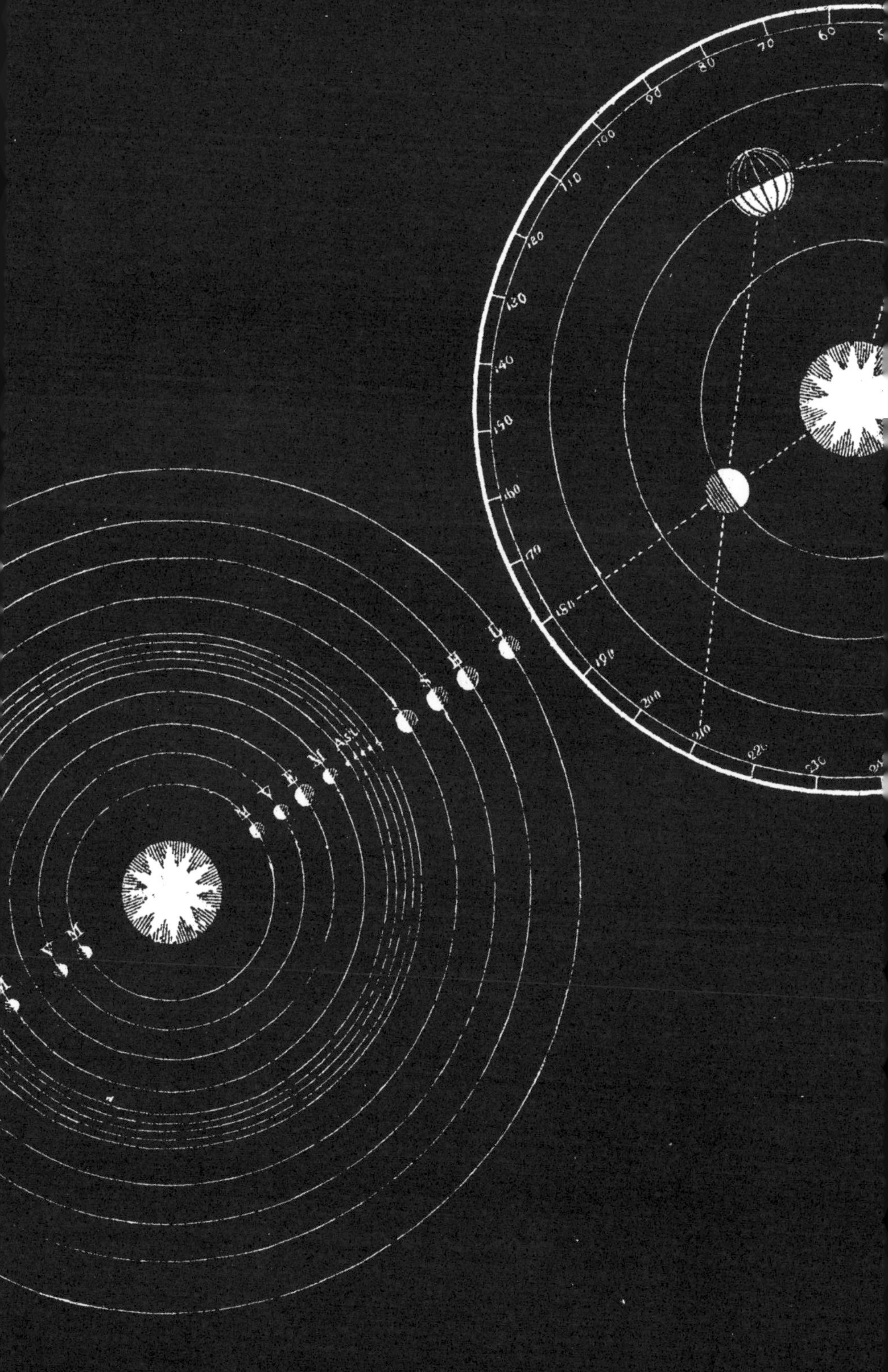
60
70
80
90
100
110
120
130
140
150
160
170
180
190
200
210
220
230
M
V
E
M
Ast

上大學後我才開始認真化妝。
雖花時間，不過意外地有趣。

某一天，我在美妝精品店，
發現了能遮掩傷痕的遮瑕膏。

我嘗試擦在胎記上，真的消除得一乾二淨。

不過一到隔天，我又用回原本的化妝品，讓胎記稍微變淡而已。

全部消掉感覺很不自在。

航太系統工程學系有著挺多獨特的學生。

也因此，我在這地方過得十分自在。

「妳的胎記是天生的？」

「是啊。」

就讀同科系的同學「哼——」地回了一聲，好像沒半點興趣。

「啊，這週的高速空氣動力學的作業啊——」

我忍住笑意附和對方。

看來比起閒聊，聊些專門領域的話題還比較開心。

風香在不同的大學攻讀心理學，而湊考上了法律系。

兩人似乎過得非常充實。

先不論之前假日經常玩在一起的風香，

我和湊本來就不太有機會見面。

『有空就出來吃頓飯吧。』

星期六傍晚，湊突然邀我。

我有點猶豫，最後還是答應了。

「哦，秀才來了。」

湊站在車站前，身穿沉著簡潔的黑白配色服裝。

小時候他總是愛穿色彩鮮豔的衣服，不知不覺就變了個人。

「還秀才哩。」

「也沒說錯吧。竟然考上分數那麼高的學校。」

「我再怎麼努力也跟不上啊。」

湊笑著自嘲，害我不知該如何反應。

三年前。

兩人去家庭餐廳的那天，我們之間的關係產生了巨大變化。

『湊喜歡的女生，該怎麼說，意外地……』

跟我很像，我欲言又止。

自戀也該有個限度。

想想看，他可是那個人見人愛的湊耶。

「反正妳一定在想跟妳很像對吧。

先說好，就是指妳。」

家庭餐廳輕快的背景音樂聽起來格外大聲。

湊停下拿薯條的手，接著托腮看向我。

喜歡？湊喜歡我？

不可能。

但不論過了多久，他認真的神情仍未消去。

「呃、那個……是從什麼時候？」

「開始有自覺是從國中開始，

那時我才明白，心中的第一名是夏奈。」

湊成為大學生後，似乎開始在居酒屋打工。

跟點菜點個老半天的我不同，他三兩下就點好了。

「夏奈的大學，課程很難嗎？」

「嗯。每次寫作業都弄得頭昏腦脹。」

我東張西望居酒屋的裝潢，總覺得靜不下心。

「我想也是。對了，那傢伙有聯絡嗎？」

可能因為時間還太早，居酒屋內格外安靜。

「聯絡……還沒有。」

我以告解般的心情回答。

「斷絕聯絡都過了三年耶。

我知道妳很難過，可是差不多該努力忘記他了。」

再說——湊接著講下去。

「我們已經是大人了。」

對，他說得一點也沒錯。

「選擇我吧。」

三年前的湊，和現在的他重疊在一起。

高中時，他也在家庭餐廳對我說了同一句話。

當時我拒絕了。因為我喜歡艾爾。

可是現在我卻無法立刻答覆。

我手放在口袋上，緊握住靜悄悄的手機。

「我做不到。事到如今才回心轉意，對湊太失禮了。」

「我又不在乎那些。」

湊這個人就像是朝陽。

擅長察言觀色，會在我需要的時候說我想聽的話。

如同掃去黑暗的光明。

和不知變通的我不同，他身段柔軟、想法靈活，

總是充滿精神，整個人看起來閃閃發光。

所以我完全能理解，為什麼他身邊總是被人圍繞著。

我知道他的許多優點，

也非常喜歡他——不過是以兒時玩伴的身分。

回家途中，我在不斷搖晃的電車中，
想像了自己選擇湊的未來。

隨時能見面的兒時玩伴。
哭泣的時候總是陪在我身邊。
要出去約會幾百遍都沒問題。

活在相同文化的我們，幾乎不會有認知上的差異。

起碼我們都知道什麼叫做戀人。

我不必花時間對他解釋。

SIDE：MINATO

這麼做非常卑鄙，我自己最清楚。

「回家小心啊。」

「嗯。」

「到家記得通知一聲。」

「好。」

我目送心儀之人，直到她慢慢消失在剪票口另一頭。

她現在內心相當脆弱。

隨時可能對在旁支持她的人傾心，而我會毫不猶豫地趁虛而入。

我不會再讓任何人搶走她了。

高中時，夏奈曾這麼形容喜歡的對象。

「稍微有點奇怪。可是很溫柔，

是個真真正正願意站在我這邊的好人。」

我聽了則嗤之以鼻。

笨蛋。

那傢伙，才不是什麼好人。

明明無法對妳的人生負責任，卻讓妳的心懸在他身上。

我可不會對你客氣，外星人先生。

我在大學餐廳吃午餐時，聽到來自鄰近座位的交談聲。

「我的推（註5）竟然戀情曝光，真是糟透了。」

似乎是女學生在閒聊。

「哪有必要哭啊。況且妳不是有男朋友了。」
「我也知道人要活在現實中，反正又不可能跟偶像結婚。
可是看到推爆出戀情實在有夠難受——」

活在現實中這句話狠狠地刺入我的胸口。

註5「推」意為喜歡、支持的對象。多指偶像或明星。

SIDE：EL

睜眼所見，是昏暗的天花板。

周圍聽不到怒號和槍聲，十分安靜。

我是中槍身亡了嗎。

我以朦朧的意識思考。

我都還沒跟珍惜的人表達心意，甚至沒向她告別。

「太好了，你終於醒了。」

腳步聲慢慢逼近。

一名身穿白色醫療服的人走到我身旁。

「知道這裡是哪嗎？」

我將指尖左右晃了晃。

這麼說來，之前好像聽夏奈說過，

在她國家表達否定時，是要左右搖頭。

「這裡是臨時醫療設施。」

那名醫務兵說，我當時中了兩槍。

對手用的是舊式武器，不容易偵查出來。

總而言之，我得救了。

「你能得救全都多虧有個優秀的隊友。在我們到場前就做好傷口的緊急處理。手法根本不像是在前線作戰的少年兵，十分完美。」

醫務兵說完便離開。

我從簡易床鋪坐起身來。

肩膀和胸口仍隱隱作痛。

「擅長急救的隊友……是嗎？」

我腦中浮現新人的臉。

「聽說是你救了我。謝謝。」

晚上，我發現那位矮小的新人烏茲，在我帳篷外探頭探腦，我便向他致上謝意。

「多虧你我才撿回一條命。你說不定能當個好醫生。」

烏茲聽完倏地轉過頭去，不悅地說這哪有什麼。

「我不過是因興趣使然學了點皮毛。

因為過去……兄弟被槍射中時我什麼都做不到。」

烏茲將一個黑色的袋子遞給我。

「你能得救不光是因為我有做緊急處理。還因為這東西做了緩衝。」

袋裡裝的是毀得徹底的通訊終端裝置。螢幕整個裂開，機身甚至斷成三截。

烏茲蹙起了眉。

「你一個下等兵，從哪弄來這種高性能的終端裝置啊？」

我無法與珍惜的人取得聯絡了。

我真的有機會，再弄到一個不需充電的通訊終端裝置嗎？

我只能在這個腐朽城鎮的一隅，祈禱身在遠方的那個女孩得到幸福。

我不斷說服自己，不過是回歸原本的生活罷了，然而這沒有用。

我始終無法忘懷。

那每隔兩天會傳來、漫無目的閒聊的訊息，

不知拯救過我多少次。

SIDE：NATSUNA

我作了場夢，夢見我平凡地邂逅了喜歡的人，談了場平凡的戀愛，最終步入禮堂。

我們倆在充滿祝福與平穩的庭院相視而笑。

不論父母還是朋友，都沒人否定我們。

午後，春日暖陽照耀著我們。

柔和的微風吹拂。

我看起來無比幸福。

幸福到縱使身處夢境也知道這是場夢。

每當夜晚降臨，不安便偷溜進我的寢室。

我現在，真的是活在現實中？
這樣的思念有任何意義嗎？
要是我們從未相識就好了。

我抱膝坐在床上。

懷念起自己如向日葵般憧憬太陽的戀愛時光。
淚水就漸漸濡溼雙頰。
艾爾，為什麼光是想起你，就讓我痛苦到快要窒息呢。

SIDE : EL

朝陽從地平線探出頭來。

我被光芒閃得眼睛瞇成一線，心中想起住在遙遠星球上的朋友。

關於愛，我只知道親人之愛。

溫暖、柔和，是種疼惜對方的愛情。

如今，我終於瞭解自己對朋友的感情，與親情有何分別。

對那女孩的思念，使我的世界煥然一新。

夏奈，光是心繫於妳，內心就彷彿被光芒照耀。

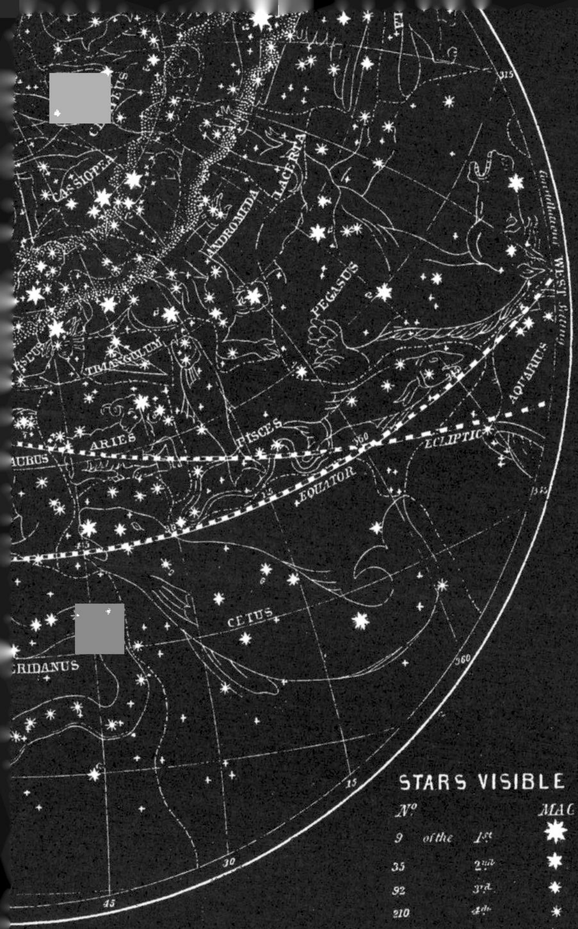

STARS VISIBLE

No.			MAG
9	of the	1st	
35		2nd	
92		3rd	
210		4th	
528		5th	

SIDE：NATSUNA

「明明想永遠掛念著喜歡的人。
卻時不時會產生討厭對方的想法。
我這人真是差勁。」

我坐在大學附近的咖啡店裡。

我的怪人朋友，用指尖戳了戳我垂下的頭。

「哪有什麼差不差勁。妳要愛上殺掉父母的仇人也行，
要恨最愛的婚約對象到想殺了他也沒問題。
誰叫心靈是自由的。」

風香用手托起上週新買的紅色眼鏡。

「我不是一直在講嗎，

一百分的壞結局更勝六十分的好結局。」

「不過，我還是喜歡好結局。」

別說是我了，我想大部分的人都這麼想。

「是嗎？我認為即使過得不幸，

仍毫不隱藏真實心意的生活方式才是最美的。」

艾爾真的死了嗎？
又或者，他是突然有了伴侶，
才決定中斷我們的聯絡。

想像這些沒有答案的事也無法療癒心靈。

經歷數年苦惱，仍有一個想法留在我的心底。

『想親眼看到，艾爾所見的天空和大地。』

即使未來一生都無法再見到艾爾。

所謂的戀心，就好像仙女棒一樣。

不論能綻放多美的火花，都有可能轉瞬即逝。

「本來應該是這樣的。」

夜晚，我閉上眼準備就寢。

心中如夢似幻的火花過了數年仍未消散。

這使我終於下定決心。

即使燃燒自己僅有的生命，也要前往普蘭特。

手機通知聲吵醒了我。

窗外還很暗。

時間是深夜兩點，這麼晚到底是誰會傳訊息給我。

本想無視它繼續睡覺，

卻又莫名地在意，我在黑暗中解除了手機鎖。

「欸——」

我不禁倒抽一口氣。收到的是一則新訊息。

寄件者不明。

『好久不見，夏奈。妳還記得我嗎？』

我用顫抖的手指把畫面往下滑。

『我是艾爾。對不起這麼久沒聯絡妳。

或許妳會感到困擾，若是妳允許的話，

我希望能再次與妳成為朋友。』

對我而言，這段簡短的訊息比任何寶石都來得貴重、惹人憐愛。

我的淚水盈眶，無法自已。

『我想當妳的朋友。』

這句話令我回想起十五歲的春天。
當時我輸入了『我也是』的訊息後寄出。

和那令人懷念的櫻花季節相比，我的年齡、身高，以及生活環境
全然不同了。

二十歲的我拭去淚水，輸入了『我不要』。

『我說過想和你成為戀人，
我的心意從當時就從未改變過。』

回信在兩天後收到了。

其中寫下了聯絡中斷的理由。

包括他當時被敵人的子彈擊中後昏迷。
和通訊終端裝置徹底毀壞。

以及夢想著再次與我聯繫而努力活到現在。

『受傷的那天，我本打算這麼回覆妳。
夏奈對我而言也是非常特別的人，
所以我們已經是戀人了。』

之後我們不斷聯繫。

像是為了填補中間的空白。

『在普蘭特是怎麼表達愛意？』

『這個嘛。在我住的地方，

會將對方的手放在自己脖子上。

表示對方是足以將自己性命交於他手的信賴對象。妳那邊呢？』

這麼一問我反而不知該如何回答。

怎麼做才最能表達愛意？

『想了太多戀愛的事，害得我都沒睡好。』

某天晚上，我發了這樣的抱怨訊息。

而對方則是傳了『這樣呀。妳要保重身體』，這樣出人意料的回覆。

我只好傻眼地打上『你以為是誰的錯？』。

不過，看到下則回覆就忍不住原諒他了。

『如果不是我就傷腦筋了。』

表達愛意最上乘的行為究竟是什麼？

我本想詢問風香當個參考，卻在按下通話鍵前取消念頭了。

總覺得她會給些奇怪的建議。

「他也不是想找正確答案，我只要回答自己被喜歡的人做了些什麼，會感到高興就好……應該沒錯吧。」

我在大學咖啡館打著回信。

『應該是緊緊擁抱對方，然後說我愛你。』

當我通過太空人第二次選拔時，

被說了無數次「恭喜」以及「真的不會有事嗎？」。

就連那個風香也忍不住透露：「這個嘛，老實說，有點不安。」

唯獨艾爾除感到欣喜，還給了我擔心以外的說法。

『假如我和妳生長在同一顆星球，應該也會走上同一條路。』

這感覺就像，艾爾與我比肩朝著同樣的方向前進。

與艾爾相識後過了十年。

母親在餐廳座位上聲淚俱下。

「拜託，太空人的選拔考試，妳就不能馬上辭退嗎？」

父親坐在母親旁，露出陰沉的神情點頭附和。

「妳知不知道，有多少太空人死在前往普蘭特的路上。」

我看著兩人的眼睛回答：

「我很久以前就做好覺悟了。」

欣喜至極時，一般人會作何反應呢？

和夥伴分享喜悅？

喜極而泣？

我則是老大不小了還在街上小跳步。

接著不安地再三確認訊息，

最後緊握住手機蹲在原地竊喜。

向來喜歡窩在家裡的我，現在甚至想隨著輕快的音樂起舞。

我通過了太空人最終選拔考試。

前往美國的前夜，我難得回老家住。

「那孩子，究竟是什麼時候變得那麼固執啊。」

刷牙時聽到客廳傳來母親的聲音。

我忍不住偷聽對話。

「怎麼說她都聽不進去。真拿她沒辦法。」

父親笑了。

「夏奈從以前，就跟妳一樣固執啊。」

下班回家時，街頭藝人在站前自彈自唱的歌聲吸引我停下腳步。

「我選擇這條路。無數錯誤，難癒傷痛，化作我的全部。」

這首歌是在闡述愛情？還是在聲援逐夢之人？

聽完讓我感到被救贖了。

我的戀愛及夢想，一點都不奇怪。

所有人，都是幾經迷惘才終於找到正確的路。

就如同這首歌。

上火箭前，我與同伴們相擁。

我們或許能夠完成抵達普蘭特這項偉業。

然而萬一火箭升空失敗，那明年的今天就是我的忌日了。
即使能衝出大氣層，我們的夢想也隨時可能在宇宙破滅。

但我依然從容自若。

我以自己的方式決定未來。
至今我仍引以為榮。

我做好覺悟戴上太空帽，準備升空。

馬上就要關閉艙門。

終於到了這一天。

我閉上眼，腦中浮現許多人的面容。

為我擔憂的父母。

笑著祈求我能幸福的風香。

嘮叨著「到那邊記得跟我聯絡」，

出乎意料地愛操心的湊。

以及照片中艾爾的臉。

我最後一次和風香在咖啡廳閒聊。

「如果這次航程失敗，

就會變成風香喜歡的一百分壞結局呢。」

過去認為這種想法很怪，

不過現在我稍微能理解個中浪漫。

但風香搖搖頭，說不對吧。

「我朋友不是喜歡一百分的好結局嗎？」

離開日本前，我和湊在紅酒吧聊起往事。

明明有想傳達給他的事，

卻因為聊得太開心，遲遲無法開口。

「那個——」

當我向他搭話時，已經是走到車站剪票口的事了。

「非常抱歉，我一直沒有回覆你的心意。

我喜歡艾爾，所以……我不希望你勉強自己。」

「勉強自己？」湊雙手抱胸說。

我吞吞吐吐地回覆。

「那個……和甩掉自己的人藕斷絲連應該很難受吧。我不希望你硬逼自己。」

沉默持續了一會兒。

「哦。當年那個遲鈍女現在也懂得關心他人了啊。」

他的表情看似開心又略帶不悅。

湊噗嗤一聲笑了出來。

「算了，妳可不要到頭來才後悔最後沒選擇我啊？

況且我們約定好了，妳永遠是我最重要的兒時玩伴。」

「約定？」

「沒什麼。不過妳終究是貫徹自我前往宇宙了呀。」

兩人看向天上。

都內的天空只能看到一顆星星。

「這一點，真的是……令人嚮往。」

SIDE：MINATO

我有個兒時玩伴。

她因為右臉頰上有一大塊胎記而被周遭疏遠，

處事手法也沒圓滑到能拿這點裝成丑角自嘲。

而且她個性其實有些頑固。

「我們要永遠當好朋友喔。」

我在八歲的夏天這麼對她說。

和她在一塊，總會讓我察覺到自己未知的一面。

像是，我出乎意料地說到就會做到。

SIDE：NATSUNA

5・4・3・2・1。

倒數結束，火箭終於升空。

身體只有輕微的飄浮感，機艙內其實沒什麼搖晃。
在第一段機體分離的瞬間才終於感受到震動。

現在我能做的只有祈禱。

經過片刻，我們終於到達無重力空間。

窗外已能見到蔚藍的行星。

我認為自己的運氣非常好。

在選拔考試中，認識了許多知識豐富又有才華的人。

不論誰被選上都不足為奇。

只可惜能上宇宙的人有限。

我被選上，並在大氣層外眺望著蔚藍的地球。

這一切，都是為了達成將宇宙開發的成果，

帶回地球這項使命。

只要我一息尚存，就一定會回到這顆母星。

我在無重力空間與夥伴們再次相擁。

火箭成功升空了。

雖說前路依然危險，

但光是升上宇宙，就是向成功大大邁進了一步。

「夏奈，看得到地球了！

真的是……好美，啊啊……能活著真是太好了！」

科學家貝娜緊握我的手說。

「嗯！我們絕對、絕對要踏上普蘭特。」

其實我曾對兩天只能回覆一次，感到略有不滿。

正因為如此，

傳送訊息後四十小時便收到回覆，使得我莫名感動。

距離普蘭特，那顆孕育艾爾的星球，

越來越近了。

光是這點就讓我心情躍動，

此時艾爾那邊更傳來了令人欣喜的消息。

『戰爭終於結束了。』

即使到達普蘭特，我也無法見到艾爾。

火箭的預定著陸地點，是宇宙開發的先進國帕拉多魯格。

和艾爾生活的沙漠小鎮可說是位於星球的兩極。

況且我們研究機構的工作堆積如山，

根本沒空前往外國旅行。

以及，艾爾要來找我更是難上加難。

艾爾所住的區域紛爭才剛落幕。

當地居民依然貧困，
不止眾人為謀生所苦，當然，治安也不算好。

有辦法出國的都是有著正當職業、身分受到保障的人物。

更遑論他們光是要維持生計就耗盡心力了。

在普蘭特的居留期間為一年。

我不認為在這段期間，他們有辦法將所有問題都解決。

『想親眼看到，艾爾所見的天空和大地。』

這至今仍是我的夢想，即使放晴依舊是灰色的天空和藍色夕陽，代替月亮照亮黑夜的兩顆衛星。

無法見到他也沒關係，只要實現這個夢想就好。

因為有這個想法，

我在火箭裡得知艾爾近況時才嚇得瞪大雙眼。

『我今早離開鎮上。我打算出去旅行。』

這是他在半天前寫下的訊息。

SIDE：EL

旅行的準備在一瞬間就結束了。

我將水、武器，以及一封信塞入行囊，

離開住了二十五年的家。

「卡隆，你是個好家人。要多保重啊。」

牠跟著我走向玄關，我摸了摸牠長滿白毛的背部。
牠都能在這形同廢墟的家中活下來了，相信未來也是如此吧。

正當我背對著家開始跨步時，忽然感到右肩一重。

「難不成……你打算跟我一起走？」

卡隆爬到我的肩上，搖起牠的白色尾巴向我示意。

明明至今牠從沒這麼做過。

線蝟這種動物狡詐利己，並不會親人。

牠究竟在盤算些什麼。

「莫非，你也想出去旅行？」

我輕輕笑了笑，肩上載著線蝟踏上旅程。

沒錢也沒身分的我，究竟能去這顆星球的何處。

初次踏入鄰鎮時，我對未來種種感到擔憂。

但也只能心懷不安，繼續前進。

我最珍惜的人賭命來到我所在的星球。

雖然她說自己只是運氣好，但不可能僅只如此。

這是她付出努力和熱情的結果。

這次該輪到我賭上人生了。

旅行途中，我當了商人的貨車護衛。
沒想到戰鬥經驗會以這種形式派上用場。

「來，這是你的報酬。」

傍晚，工作結束後雇主將硬幣交給我。
好久沒收到食物以外的酬勞了。
接著我在市場買了過去喜歡的水果。

「啾啾。」

卡隆看著我手上的東西叫出聲。

「不能餵來我們家的動物吃東西。」

自幼親人便對我如此耳提面命，這使我震驚。

因為平時他不論對任何人都十分和善。

直到我看見因戰火而失去飼主的動物們，

才終於瞭解那句話的意思。

不過現在，我卻對肩上蠢蠢欲動的卡隆這麼說：

「你也想吃嗎？」

SIDE：NATSUNA

得知艾爾出去旅行後，我內心便七上八下的。

他的目的地肯定是帕拉多魯格。

若不是這樣，他根本沒理由離開至今生活的小鎮。

這肯定是場艱辛的旅程。

說不定他會命喪沙漠之中。

可我無法阻止他。

換作是我生長在普蘭特，一定也會做出相同的抉擇。

幾個月後，我向親近的人們送出訊息。

『我剛到了。』

『怎麼搞得像是從居酒屋回到家一樣。就不能說得再感動點嗎？』湊如此消遣我。當我收到他的訊息時已經是兩天後。

「因為我感動到無法用言語形容。」

我從診所窗戶，仰望浮在夜空的兩顆衛星——米亞跟路伽達。

經歷諸多危機，火箭才終於抵達普蘭特。

在宇宙航行期間，和我變得熟稔的科學家貝娜兩眼發亮地說：

「真的有兩顆月亮！還有花香、砂子的顏色，甚至人的外型都跟地球截然不同。真想快點看到更多東西。」

我深有同感。

不過太空人著陸後必須先復健，要實現願望也是在那之後的事。

就和艾爾告訴我的一模一樣，

白天的天空是偏黃的灰色。

充滿神祕感的藍色夕陽以及赤銅色的大地，被我盡收眼底。

「我，真的來到這了……」

心中感慨萬千。

這就是我長久以來想見到的景色。

不過來到普蘭特後第一次感動到哭出來，

是當我傳訊息給艾爾，不出五分鐘便收到回覆的時候。

『既然我們在同一顆星球，是不是就能通話了？』

艾爾傳來這則訊息時，我剛好想著同一件事。

該由我打過去嗎？

稍微緊張起來了。

就當我猶豫是否該按下通話鍵時，通訊終端裝置突然震動起來。

畫面上浮現的文字是「艾爾」。

「你、你好。喂喂！我是夏奈。」

「喂喂……是什麼意思？」

裝置擴音器中傳來了人聲。

他的口吻平淡，不過顯然感到疑惑。

「這、這是地球的……不對！

是在我的國家打電話時會用的，類似打招呼之類的話。」

「這樣啊。聽起來真不可思議。」

「很有趣對吧？」

啊啊，不知為何，總覺得我們不是第一次對話。

真想永遠聽著喜歡之人的聲音。

不過現在，我其實有點害怕跟他說話。

每當人們實現一個夢想時，馬上又會懷抱另一個夢想。

我肯定也是如此。

「我本來以為，光是能看到普蘭特的景色就心滿意足了。」

「那麼……妳看完覺得？」

「現在啊，聽了你的聲音就好想見到你。」

我的聲音開始顫抖、喉嚨發熱。明知提出這種要求只會讓他為難。

「我——」艾爾緩緩地說。「我從很久以前就想見妳了。」

時間就像是靜止流動。

我從不知道，被喜歡的人說「想見妳」，會是如此開心的事。

「我、我當然也……」

我也想見你，從很久以前就想了。

之後我和艾爾每天晚上都會通話。

「普通的遠距離戀愛就像這樣嗎？」

半天以上沒收到回覆便感到不安。

無法通話的日子會格外寂寞。

但每當收到訊息時，又會覺得，一切都是如此的特別。

『有空聊一下嗎？』

現在，能直接回答「可以」，讓我高興到無法自拔。

我們之間的距離一點一滴地拉近。

「我正在看祈禱豐收的祭典。聽說這在普蘭特很有名！」

「已經到這個季節啦。我這邊好像是明天才辦祭典。」

這是半年前的對話。

「我差不多要睡了。艾爾還在工作？」

「是啊。我現在正在午休。」

我不禁心生期待。我們之間的時差就剩這麼一點了。

SIDE：EL

「現在局勢不穩……
入國許可不知何時才會發下來。」

旅行直到中途，都比我想像中來得順利。
有太多國家治安惡化，處處都找得到護衛工作。

正因為如此，在前往帕拉多魯格中途被強制停下腳步時，
令我不知所措。

距離夏奈回到地球只剩幾個月了。

我並不會對自己的選擇感到後悔。

只不過當夏奈對我說：「你不用介意。光是艾爾朝著我所在的地方踏上旅程，我就十分開心了。所以……嗯，真的沒關係。」

聽完胸口一陣刺痛。

那聽起來根本不像沒事。

先讓她抱有期待，最後又害她難過。

明明希望她永遠綻放笑容。

SIDE：NATSUNA

我來到普蘭特即將滿一年。

「夏奈，妳快看看！這個尼奧鼠。

跟我們所知道的老鼠完全不同。

說什麼都得把牠活生生地帶回地球。」

看著痴迷地撫摸眼前這綠毛小動物的貝娜，

我想起了風香。

她肯定也想知道在我在普蘭特所見的種種事物。

這一刻終於到來了。

火箭將在一週後升空返回地球。

接下來的行程塞滿了整備太空梭還有飛行訓練，

今天是能自由行動的最後一天。

「抱歉……最後還是沒趕上。」

艾爾的聲音參雜著懊悔。

我盡我所能開朗地回答。

「光是能和你說上話、觀賞同樣的朝霞，就已經足夠了。」

三天前，艾爾終於成功入境帕拉多魯格。

但我所在的宇宙基地位於國境邊界，與他那邊有相當的距離。

正當我想，不如放棄吧。

可是光想到與艾爾身在同一個國家，一股熱流便湧上我的心頭。

待在房間實在靜不下來，

我便出門到附近的市場走走。

卻沒想到這是個錯誤的決定。

我待的宇宙基地，位在帕拉多魯格較為鄉下的地區。

能讓火箭升空的地方幾乎都是如此。

我應該更加謹慎才對。

「這眼珠子顏色真罕見。能高價賣給收藏家。」

「就是她臉上胎記太大塊。」

「把她肢解賣掉不就得了。」

我被人封住嘴巴、拖入暗巷之中。

從設置研究設施的首都轉移到宇宙基地是兩個月前的事。

當時就常聽說晚上治安不好，

甚至有人傍晚就被擄走。

我腦中浮現之前看到的新聞。

一名太空人死亡。

屍體遭受嚴重的外傷——

「嗯、嗯——唔！」

我的抵抗毫無作用，隨著喉嚨被緊緊絞住，意識也逐漸遠去。

抵達普蘭特，

已經讓我登上人生幸福的頂峰了。

只要有這個成功回憶，

將來不論面對多大的困難，我都有辦法迎刃而解。

但我不想以這種形式結束我的人生。

我必須把研究成果帶回地球。

況且，我今天本想與艾爾徹夜長談的！

沒錯，絕不能輕言放棄。我裝作失去意識。

「總算是乖了。」

背後的人舒了一口氣。

我趁他將絞緊我喉嚨力道放鬆的瞬間，從他手腕裡鑽出，拔腿狂奔。

「可惡，快追！」

「收到！」

有兩人追上來，我用盡全力維繫險些遠去的意識，死命往前衝。

「救命！」

我用當地的語言大喊，並不斷奔跑。

有好幾次和路人眼神對上，卻沒有一個人願意救我。

對了，這一帶的文化好像只會幫助自己人？

啊啊！糟透了！

最終我被逼到死路。

其中一人開口說道：

「拿繩子或鎖鍊把她綁好……喂，聽到沒？」

我戰戰兢兢地回過頭，發現兩名追兵的其中一人不見蹤影。

然而為此感到驚訝的不只是我。

「搞什麼？剛才不是還在旁邊嗎？」

我差點叫出聲來。

追兵的背後冒出了一團黑影。

「算了。趕緊把人逮到吧。」

綁匪正打算將手伸向我，只聽「叩」的一聲，他瞬間便倒在地上。

「搞什麼，身上竟然沒有穿護具嗎？簡直就跟外行人沒兩樣。」

剛才看到的黑影是名高個子。

中性臉蛋配上灰白色的頭髮。

「在首都外的地方穿這麼漂亮走來走去很危險喔。很有可能會碰到這類傢伙。」

「欸？」

「妳還得在這待上一週對吧。要是不注意點我可是會很擔心啊，夏奈。」

「為什麼……你會在這？」

眼前微笑的人物，跟我只在照片上看過、卻朝思暮想的那個人一模一樣。

但是他的神情比過去更為精悍。

「我從遠處一眼就認出妳了。因為妳說過臉上有很大的胎記。」

「妳沒事吧？」艾爾稍微蹲下，看向我的雙眼。

「我們換個地方吧，繼續待在這會有危險。另外先說聲不好意思，這有點舊了。」

艾爾從背包取出一塊長布，披在我的肩上。這樣穿確實比較符合鎮上的氛圍。

我看往鎮外的山丘，向他提議：「去那邊如何？」

艾爾點頭。「沒問題。」並牽起我的手。

山丘上，城鎮的景色一覽無遺。

我們背對大樹，肩並肩坐了下來。

「你是艾爾，沒錯吧？我還以為你來不及了。」

我緊緊握住那隻幾經日晒的手，他的手似乎比我的還要大些。

「是啊。其實我在路上碰見昔日的夥伴。

他正前往首都，打算當個醫生……

我向他說明原委後，他就幫了我一把。」

「這樣啊。你在這也終於交到朋友了呢！」

「朋友……這麼說來確實是如此？」

艾爾好像是不善表達感情的類型。

他一臉正經地思考了許久。

「真要說朋友的話應該是這傢伙吧。」

艾爾上衣的胸前口袋忽然開始蠢動。

下個瞬間，一個白毛綠眼的小動物，

從口袋裡冒出頭來。

艾爾將手伸向那隻小動物，牠一溜煙地從口袋竄出，順著手臂爬到他肩膀上。

「牠是卡隆。之前跟妳說過，和我生活在同一個家裡……」

「欸？老鼠能活這麼久嗎！」

看到我如此訝異，艾爾才終於露出放鬆的神情。

「經常有人弄錯，線蝟和老鼠雖長得像，不過完全是兩種生物。」

初次見到卡隆，只覺得牠身體細長，尾巴的毛蓬蓬鬆鬆的。
與其說是老鼠更像是鼬鼠。
這恐怕是僅生長於普蘭特的動物吧，
微微發出綠光的瞳孔讓人備感神祕。
「嗚嗚……原來是這樣啊……」
我雙手掩面。
我真心為跑去圖書館查詢老鼠飼養方法的自己感到丟臉。

「妳怎麼了，夏奈？」

「沒、沒什麼。只是為過去的自己感到難為情……」

從指縫間能瞧見艾爾往這邊看。

艾爾小聲說「這樣啊」，

然後將我遮住臉部的手緩緩拉開。

「等、艾爾先生！」

「讓我仔細看看妳的臉。

我們好不容易才見面。我希望妳不要有所保留。」

事到如今我也沒什麼好隱瞞的，

但他忽然要求想看我的臉，還是會叫我有些緊張。

「我的臉沒什麼好看的……」

「我想看。」

「我臉上還有胎記……」

「因為那個胎記我才馬上認出是妳。」

我冷汗冒個不停。

總覺得每次找藉口就害自己往絕路更進一步。

最後，我終於死心，把雙手慢慢放下。

兩人四目相覷、一語不發。

心中明明有千言萬語想和對方說。

相視的同時，雙方的心靈好像也重合在一起。

「我多少能夠瞭解，那幫傢伙為什麼想要妳的眼睛了。」

「講這麼危險的話。」

「我開玩笑的。大概有一半是玩笑話。」

艾爾將我的身體擁入懷中。

「夏奈……終於見到妳了。」

SIDE：EL

夏奈馬上就要回到地球了。

回程仍舊是危險重重。

這有可能是最後一次見到她。

「下次到底要什麼時候才能再會呢。」

「很快就能見到了，我保證。科學的發展可是一日千里呢。」

我喜歡為太空人的使命發光發熱的夏奈。

但同樣忍不住這麼想。

要是能直接帶著妳逃到天涯海角，不知有多好。

SIDE：NATSUNA

我在艾爾懷裡望著藍色的夕陽。

腦中浮現不知是否該現在告訴他的話，令我無法專心欣賞美景。

「我是被選拔上的太空人。

因此，絕對要將研究成果帶回地球。」

我凝視艾爾的雙眼。

「不過我同時又想。若能永遠和你在一起就好了。」

就算自相矛盾，也沒關係。

因為心靈是自由的。

艾爾將力量注入抱住我的手臂，把我緊緊擁入懷中。

「夏奈。」「嗯。」

他將臉貼近，與我額頭相碰。

「我愛妳。一直愛著妳。」

他熱切的聲音使我胸口隱隱作痛。
從火箭裡看往地球時、看到灰色天空時，以及現在。
都令我覺得能生在世上真是太好了。
我握著艾爾的手，輕放到自己脖子上。

SIDE：EL

我爬到宇宙基地附近的山上，
生起營火靜候火箭升空。

我乍然想起，忘記把信交給夏奈了。
可惜為時已晚。

我從懷裡取出信，丟進火堆之中。

「再傳訊息給她就好了。」

此時，火箭伴隨著轟隆聲衝向天際。
白煙則跟在火箭尾巴噴發，形影不離。

國家圖書館出版品預行編目資料

連互訴月色真美　都做不到的我們 / 神田澪作；蔡柏頤譯. -- 1版. -- 臺北市：城邦文化事業股份有限公司尖端出版：英屬蓋曼群島商家庭傳媒股份有限公司城邦分公司尖端出版發行, 2023.07
面；　公分
譯自：**私達は、月が綺麗だねと囁き合うことさえできない**
ISBN 978-626-356-592-0（平裝）

861.57　　　　112004640

嬉文化

連互訴月色真美　都做不到的我們

（原名：私達は、月が綺麗だねと囁き合うことさえできない）

著　　者／神田澪
繪　　者／与
執 行 長／陳君平
譯　　者／蔡柏頤
國際版權／黃令歡、梁名儀
榮譽發行人／黃鎮隆
美術總監／沙雲佩
企劃宣傳／陳品萱
協　　理／洪琇菁
美術編輯／李政儀
文字校對／施亞蒨
總 編 輯／呂尚燁
執行編輯／陳昭燕
內文排版／謝青秀

出　　版／城邦文化事業股份有限公司 尖端出版
台北市中山區民生東路二段一四一號十樓
電話：（〇二）二五〇〇—七六〇〇
傳真：（〇二）二五〇〇—二六八三
E-mail：7novels@mail2.spp.com.tw
發　　行／英屬蓋曼群島商家庭傳媒股份有限公司城邦分公司　尖端出版
台北市中山區民生東路二段一四一號十樓
電話：（〇二）二五〇〇—七六〇〇（代表號）
傳真：（〇二）二五〇〇—一九七九
中彰投以北經銷／楨彥有限公司（含宜花東）
電話：（〇二）八九一九—三三六九
傳真：（〇二）八九一四—五五二四
雲嘉以南／智豐圖書有限公司
（嘉義公司）電話：（〇五）二三三—三八五二
傳真：（〇五）二三三—三八六三
（高雄公司）電話：（〇七）三七三—〇〇七九
傳真：（〇七）三七三—〇〇八七
香港經銷／城邦（香港）出版集團有限公司
香港灣仔駱克道一九三號東超商業中心一樓
電話：（八五二）二五〇八—六二三一
傳真：（八五二）二五七八—九三三七
E-mail：hkcite@biznetvigator.com
新馬經銷／城邦（馬新）出版集團 Cite（M）Sdn. Bhd.
E-mail：cite@cite.com.my
法律顧問／王子文律師　元禾法律事務所
台北市羅斯福路三段三十七號十五樓

二〇二三年七月一版一刷